L. Egarezzo: Stalinsky Village

Lupus Egarezzo

Stalinsky Village

Fragmente

Alle Personen und Handlungen in diesem Buch sind fiktiv.

Bisher von Lupus Egarezzo erschienen:

„Bernsteinhändler", BoD, 2014

„Vogelinsel", BoD, 2015

„Drachenrad", BoD, 2016

„Schattenhunde", twentysix, 2017

„Mord im Ukranenland", BoD, 2018

www.legarezzo.de

Herstellung und Verlag: BoD - Books on Demand, Norderstedt

ISBN: 9783746010465

Wie ein Blatt vom Baume fällt,
so geht ein Mensch aus dieser Welt.
Die Vögel singen weiter.

(Matthias Claudius 1740-1815)

Safe House

die graue Villa

liegt romantisch

halb verborgen

hinter einer hohen

ebenso grauen Mauer

mit Splittern

von zerbrochenen Glasflaschen

oben drauf

auf ihrer ganzen Länge verziert

der Baum dahinter

deckt auch noch

das untere Panorama-Fenster

halb zu

aber die Brüstung der Terrasse

im ersten Stock

ragt kühn

über die Zweige hinaus

das Haus gilt als sicher

Kronzeugen

halten sich dort auf

auf der gegenüber liegenden

Straßenseite

lungern zwei Beobachter herum

Samuel und Andy

sie stehen

weit auseinander

und ignorieren sich

die Straße steigt

von unten her

etwas an

führt

aus einer Eisenbahnunterführung

heraus

am Safe House vorbei

und von unten her

tauchen Jimmy und Lee auf

Jimmy und Lee

wandern gemächlich

den Gehsteig entlang

bis zu dem kleinen Törchen

in der mit Glas

verzierten Mauer

sie öffnen das Törchen

gehen den mit Platten

belegten Weg

entlang

bis zur Haustür

klingen

gehen rein

und legen alle um

die sich in dem Haus

ohne Möbel

befinden

Samuel und Andy

stehen

auf der anderen Straßenseite

weit auseinander

und sehen alles

Andy raucht.

Samuel hat

Jimmy erkannt

er versteckt sich

jetzt

in einer Nische

unter der

Eisenbahnunterführung

hatte die Vorbereitungen

beobachtet

sein Gesicht

ist zur kalten

Betonwand gedreht

zwei Zentimeter

vor ihm

Andy steht

immer noch

auf offener Straße

Lee stürzt

aus dem Haus

wird angeschossen

und erkennt

Andy

auf der anderen Seite

Andy geht nachhause

er sammelt

alle Informationen

aus den Zeitungen

schneidet sie aus

legt sie in einen Kasten

macht sich Stichpunkte

seine Frau will das nicht

aber Andy riecht

das große Geschäft

er hat alles gesehen

Lee soll blechen

wenn er

sein Maul halten soll

oder

ihm einen Job besorgen

bei ihm

es ist

Kaffeetafelzeit

bei Andys

Jimmy und Lee

und Samuel

Andy holt

seine Sammlung hervor

breitet sie aus

Samuel schaut

über seine

Tasse hinweg

zum Fenster hinaus

zwei Tage später

kreuzt Lee

wieder auf

bei Andys Frau

will das Kästchen holen

dann

legt er sie um

Andy

ist schon tot

Jimmy

trifft sich

später

mit Samuel

gibt ihm

einen Umschlag

mit Geld

Das Auto und der Grabstein

Wenn man an der Stadthalle in Bad Godesberg aus der 857 oder 612 oder irgendeinem anderen Bus aussteigt und sich rechts hält am Haupteingang der Stadthalle vorbei, dann öffnet sich linker Hand der Kurpark und der breite Weg führt an der Rückseite der Stadthalle mit seinem Biergarten und dem Musikpavillon vorbei über die Zufahrtsstraße zum Kleinen Theater bis an eine Gabelung, deren rechter Abzweig zu den Geschäften an der Mainzer Straße und deren linker an den Tennisplätzen vorbei bis an den Zebrastreifen

15

gegenüber dem 1-Euro-Shop führt. Unterwegs stehen Bänke, auf denen häufig ärmere Menschen sitzen, die Plastiktüten mit halbvollen Flaschen zwischen ihren Beinen stehen haben, oder auf deren Lehnen jüngere Menschen sitzen, die Füße auf den Sitzflächen und Kopfhörer über die Ohren gestülpt und ein kleines elektronische Geräten in beiden Händen.

Über den Zebrastreifen am 1-Euro-Shop her passiert man die Bühneneingänge des Theaters, nachdem der Platz benannt ist, auf den man an einem Saftstand vorbei einbiegt. Hier tummelt sich die Welt. Und manch Enthusiast mag sie als bunt bezeichnen, obwohl – zumindest an trüben Tagen – die Hauptfarbtöne eher durch das Grau der älteren Bevölkerung und das Braun-Schwarz der Orientalen geprägt ist.

Auf jeden Fall: steht man vor dem Theater, findet man links das legendäre Insel-Café. Seit Jahrhunderten der In-Treff des gehobenen Godesberger Bürgertums mit Plüsch und Torten und allem, was die Tradition noch übrig gelassen hat.

***

Vor mir auf der blütenweißen Tischdecke hatte der dunkelhäutige Kellner – er schien wohl aus Süd- oder Mittelamerika zu kommen – den georderten Cappuccino mit dem begleitenden Southern Comfort abgesetzt – zwei Dinge, die ich jetzt mit Wohlgefallen betrachtete.

Mein Blick fiel nach draußen auf das Treiben der Menschen am frühen Nachmittag. Und da die Sonne schien, leuchtete doch gelegentlich ein Fetzen Buntes von einem

Minikleid oder einem T-Shirt aus der Masse der sonst eher gedämpften Farbtöne hervor.

Meine Aufmerksamkeit wurde auf die Eingangstür des Cafés gelenkt, wo es etwas ungeschickt zuging: zwei alte weiße Männer versuchten, ins Innere zu kommen. Ihr Problem war, dass jeder von Ihnen sich dabei gleichzeitig auf seinen Rollator stützte, und jedes Mal, wenn einer von ihnen die Tür offen halten wollte, sein Freund nicht rechtzeitig nachrückte und so weiter und so fort. Entspannung trat ein, als der freundliche Kellner aus den südlichen Gefilden Ihnen schließlich die Tür aufhielt.

Die beiden alten weißen Männer nahmen zwei Tische entfernt von mir Platz, aber da sie wohl Hörschwierigkeiten hatten, bekam ich das Gros ihrer Unterhaltung problemlos mit.

Der eine war Witwer, wie ich bald heraushörte. Bei dem anderen war ich mir bis zum Schluss nicht sicher. Aber das tut nichts zur Sache. Irgendwann drehte sich alles um Geld. Und es stellte sich heraus, dass beide recht wohlhabend zu sein schienen. Zumindest taten sie so. Sie sprachen über Summen, die sie kürzlich erworben hatten:

„Fünfzehntausend aus dem Verkauf von Immobilienfondsanteilen. Hab alles verkauft."

„Hab mein Sparbuch aufgelöst. Gibt ja keine Zinsen mehr. Knapp Zwanzigtausend waren noch drauf. Hab ich abgeholt. Die haben ganz schön geguckt."

Die Männer mochten wohl beide um die achtzig Jahre alt sein oder älter. Dann sprachen sie von etwas anderem. Der eine erzählte von seiner verstorbenen Frau. Aber die schien schon lange tot zu sein.

„Ich hab jetzt endlich einen Grabstein gekauft, von den fünfzehntausend. Das ist gut angelegtes Geld. Für die Ewigkeit."

„Für die Jahre, die Du das Grab noch hast."

„Aber ich komm da auch rein."

„Aber später. Dir fehlt doch nichts. Solange Dein Schrittmacher läuft …."

„Da steht der Name meiner Frau drauf und ihr Geburts- und Todesdatum. Und mein Name auch schon."

„Aber Du lebst doch noch."

„Deshalb steht das Todesdatum ja noch nicht drauf. Das kommt später. Das machen die anderen."

„Hoffentlich."

Sie sprachen von Krankheiten. Der mit dem Grabstein hatte einen Herzschrittmacher und ein chronisches Nierenleiden, brauchte aber noch nicht zur Dialyse. Der andere war Diabetiker und hatte Bluthochdruck. Beide hatten Rückenprobleme, weshalb sie die Rollatoren fuhren.

Sie sprachen von Kreuzfahrten: Mittelmeer, Nordkap, auf dem Rhein nach Budapest. Sie verglichen Kabinenqualität, die Essensbuffets, die Service-Qualität. Dann hatte sich der Kreis wieder geschlossen.

„Meinst Du nicht, dass das eine gute Investition war?"

„Was für eine Investition?"

„Der Grabstein."

„Ich weiß nicht."

„Und was hast Du mit dem ganzen Geld gemacht – die Zwanzigtausend?"

„Hab mir ein neues Auto gekauft. Hab mein altes in Zahlung gegeben. Sollst mal sehen. Nagelneu und hellblau."

Ich winkte dem Kellner, zahlte, quetschte mich an den beiden Rollatoren vorbei und stand fünf Minuten später auf dem Theaterplatz in der Nachmittagssonne.

„Flottes Kerlchen, dieser Brasilianer",
dachte ich und atmete tief durch.

Der Preis des Brotes

Riga, im Herbst 2004 nach Lettlands EU-Beitritt.

Novemberabend im fernen Lettland. Ich stehe auf der Brücke über die Daugava. Unter mir treiben Eisschollen auf dem Fluss. Es hat aufgehört zu schneien. Und gegenüber leuchtet die Märchenkulisse der Altstadt von Riga im Schnee.

Von links nach rechts reihen sich die markanten beleuchteten Türme der alten Hansestadt auf: der Schlossturm, dann die St. Jakobi-Kathedrale, der mächtige Domturm und der verspielte schlanke Turm der St. Petrikirche ganz rechts. Vielleicht nicht immer so, aber über lange Zeiträume bot sich dieser Anblick den ankommenden Schiffsleuten, die aus der Ostsee die Daugava hinauffuhren.

Es ist erst neun und zu früh, schlafen zu gehen. Die klare Luft lädt noch zu einem Bummel in den engen Gassen ein. Ich lasse die Brücke hinter mir und überquere den Boulevard vom 11. November, der am Ufer entlang führt.

Grau und starr glotzt mich jetzt der unpassend moderne Koloss des Lettischen Okkupationsmuseums an, vor dem ich gelandet bin. Er stakt wie ein fremder Finger aus den geschichtsträchtigen Häusern hervor, die sich untereinander schützend aneinander schmiegen und auf ihre Weise der Vergangenheit gedenken. In kommunistischer Zeit ursprünglich zur Erinnerung an die lettischen Roten Schützen erbaut, beherbergt es heute Dokumente von den Tragödien der vergangenen totalitären Besatzungen und des Widerstands.

Um diese späte Stunde ist es natürlich geschlossen, aber draußen an den Eingangswänden kann man bei fahlem Licht von irgendwo her die Schaukästen studieren: eine Sonderausstellung thematisiert Propagandaplakate der beiden sich abwechselnden Besatzungsmächte Nazi-Deutschland und UdSSR gegen den jeweils abzuwehrenden Feind. Das Beispiel, das sie draußen ausstellen, war zur Ermutigung sowjetischer Partisanen und zur Demoralisierung von Sympathisanten des Deutschen Reiches gedacht:

Im klassischen Plakatstil wird vor flammendem Gefechtshintergrund ein Wehrmachtssoldat mit SS-Runen auf dem Stahlhelm dargestellt, der unter dem finsteren Rand seines Helmes scheel zu Seite schielt. Mit einer Hand führt er ein großes Stück Brot in seinen Mund, während seine Augen verschlagen auf eine lettische

Mutter blicken, die weinend ihre hungrigen Kinder an sich drückt. Die Botschaft ist klar: das Brot der Letten, die hungern müssen, wird von den herzlosen Besatzern verschlungen. Deshalb ....

Andere Beispielplakate sind vor dem Eingang des Museums nicht zu sehen. Morgens in einem Cafe´ habe ich schmecken können, wie köstlich heute das dunkle lettische Brot mundet. Alles andere ist Vergangenheit. Lettland ist in der EU.

Ich verlasse diesen düsteren Ort und schlendere am Schwarzhäupterhaus vorbei, dem schönsten Gebäude der Stadt – wiederhergestellt nach den Zerstörungen des Krieges und der Vernachlässigung durch die Sowjets. Gegenüber diesem sanft angestrahlten Kleinod in rot und weiß das hell erleuchtete Rathaus – dazwischen mitten auf dem weiten Platz die Rolandstatue. Gründer von Riga war Bischof Albert von Bremen. Neben dem Rathaus vorbei schleiche ich mich durch die dunklen, nur matt erleuchteten Gassen über schneeglattes Kopfsteinpflaster. Wie aus einem Märchen lockt ein kleines blaues Häuschen mit der verschnörkelten Aufschrift „Alpenrose" hinter einer Straßenlaterne. Ab und zu huscht eine dunkel vermummte Gestalt durch die nächtliche Winterkälte an mir vorbei. Der Schnee scheint alles zu dämpfen: kein Laut, keine Stimme, keine Autos hier.

Mich rechts haltend, komme ich hinten am Dom mit seinem mächtigen Backsteinturm vorbei. Etwas Lärm ertönt aus den schummrig-gelblichen Fenstern der Havanna-Bar in der Nähe. Es ist immer noch zu früh, um zum Quartier einzukehren, und so halte ich mich hinter dem Domplatz weiter rechts über die Königsstraße bis zur St. Petrikirche mit ihrem wunderschönen Turm, der sich in drei immer schlanker werdenden Kuppeln, die auf Säulen übereinander stehen, bis zum Hahn auf seiner Schwindel hohen Spitze emporschwingt.

Es schneit wieder.

Hinter der St. Petrikirche liegt jetzt verlassen der alte Konventhof mit seinem dunklen Torbogen. Hier ist es jetzt richtig einsam und still. Und plötzlich tritt eine Frau aus dem Dunkel des Tores auf mich zu und bietet mir in ihrer Sprache, die ich nicht verstehe, und dann in gebrochenem Englisch, etwas aus einem Korb an. Ihr Gesicht ist kaum zu sehen unter dem verhüllenden Wollschal. Ich frage sie auf Deutsch, was sie wolle, und sie antwortet in meiner Sprache mit einem schweren fremdländischen Akzent.

„Brot", sagt sie und dann erkenne ich unter dem schwachen Licht einer Laterne ihr selbst gebackenes Brot in einer halboffenen Tüte.

Als ich schweige, sagte sie weiter: „Es ist nicht vergiftet."

Ich nehme es und frage: „Wie viel?"

Und sie antwortet: „Geben Sie, was gerecht ist."

Ich gebe ihr etwas aus meiner Börse und behalte das Brot. Sie bedankt sich überschwänglich und verschwindet dann so schnell, wie sie gekommen war irgendwo im Dunkeln und im Schneegestöber.

Nachdenklich trete ich den Weg zum Herderplatz an, wo meine Wohnung in der Lutherakademie auf mich wartet. Oben blicke ich aus dem Dachfenster direkt auf den Vierungsturm des Domes. Der Schnee fällt in dichten Flocken.

„Geben Sie, was gerecht ist", hat sie gesagt.

Was ist der gerechte Preis für das Brot einer armen Frau, die in eisiger Wintersnacht Selbstgebackenes verkaufen muss, um zu überleben? Was ist der gerechte zu zahlende Preis für den Nachfahren eines Volkes, dessen Abgesandte einst das Brot der Vorfahren dieser Frau konfiszierten? Ein Lat? 50 Centimes? Ich weiß nicht mehr, wie viel ich ihr gegeben hatte.

Frankies Geschichte

Frankie wohnte sein ganzes Leben lang im selben elterlichen Haus in Jerusalem – zwischen Bahngleise und Kanalhafen. Jerusalem: so nannten die Menschen Frankies Viertel am Rande jener Kleinstadt. Dieser ganze Ort gliederte sich in Bezirke mit mystischen Namen: Jericho, Bethlehem, Klein-Marokko, Kuba und andere. Nur noch wenige wussten, woher die Bezeichnungen stammten. Bei Jericho war man sich sicher: das Unterbett der Hauptstraße dort bestand aus zerschlagenen Grabsteinen vom alten jüdischen Friedhof – recycelt in einer anderen Zeit. – Das war Frankies Stadt. Seine kleine große Welt. Das Haus hatte sein Vater, Schachtmeister im Tiefbau, einst selbst gebaut. Frankies Mutter bezog später Blindengeld, obwohl sie gut genug sehen konnte, um gelegentlich als Beifahrerin Autofahrer auf Verkehrsgefährdungen hinzuweisen. Aber Frankie besaß kein Auto. Sein Leben lang nicht. Er besaß auch keinen Führerschein. Und kam ohne all das ganz gut zurecht.

In jungen Jahren wurde Frankie zunächst Rocker, als er sich von seinen Eltern und seiner Schwester zu emanzipieren begann. Die passende Kleidung hatte er sich besorgt, und so trug er im heißen Sommer schwere Ledersachen und ging im kalten Winter im Oberhemd. Ein Motorrad konnte er sich nicht leisten, aber ein Moped der unteren Leistungsklasse reichte, um in seine Bande aufgenommen zu werden. Sie trafen sich im Eissalon Nordpol. Das Nordpol war in einer Baracke untergebracht zwischen Kurzwaren- und Lebensmittelläden, angelehnt an Mauerreste von ausgebombten Häusern, die auch nach Kriegsende noch etliche Jahre das Bild dieser während des Krieges von starken Bombenangriffen heimgesuchten Stadt bestimmten. Irgendwann kam der Wohlstand und die Baracken wurden niedergerissen, und an ihrer Stelle schmucke Geschäftsläden neu errichtet.

Aber da war Frankie schon lange kein Rocker mehr.

Er arbeitete jetzt in der Strumpffabrik und hatte sein Hauptquartier nach Venezia verlegt – einer neuen Eisdiele am Busbahnhof. Und er war schnieke geworden, legte Wert auf sein Äußeres. Die Motorradjacke hatte er abgelegt. Stattdessen trug er in seiner Freizeit dunkelblaue Anzüge mit weißen Hemden und weinroten Krawatten. Dazu ebenfalls dunkelblaue spitze Wildlederschuhe mit roten Perlonsocken. Wenn man ihn an den Wochenenden oder nach Feierabend treffen wollte, fand man ihn regelmäßig vor dem Eingang des Eissalons. Häufig sprach er seine Bekannten wegen Geld an – nicht um sie anzupumpen. Sein Anliegen war es, in den Besitz eines Einhundert-Mark-Scheins zu kommen. Wohlgemerkt – er hatte einhundert Mark in kleineren Scheinen bei sich. Die wollte er gegen den großen einwechseln. Dann betrat er das Eiscafé, wo ihn jeder kannte, bestellte sich eine Kleinigkeit und zahlte mit dem Hunderter. Er war ein Mann von Welt geworden, jemand der gut verdiente und sich Einiges leisten konnte. Er trug dem Anschein nach grundsätzlich nur Hunderter mit sich herum.

Frankie besaß also keinen Führerschein. Sein Moped hatte er irgendwann gegen das alte Damenfahrrad seiner Mutter eingetauscht. Ansonsten bewegt er sich mit dem Bus von Ort zu Ort. Das reichte ihm, da er seine Heimatstadt ohnehin nie verließ. Eine Zeit lang führten ihn also seine Freizeitwege nach Feierabend oder an Wochenenden häufig an Venezia vorbei. Dort am Busbahnhof war ja Umsteigestation. Und er hatte keine Freundin – ein eingefleischter Junggeselle. Aus seiner alten Rockerzeit waren ihm noch ein paar Bekannte geblieben, mit denen er sein Geld – nach Hunderten sortiert – in den Kneipen der Innenstadt oder am Rande von Jerusalem in Bier umtauschte.

Auch als Frankie älter wurde, legte er sich keine Freundin zu. Seine blauen Anzüge wurden mit der Zeit fadenscheinig, die alten Freunde weniger und die Wege in die Innenstadt seltener. Er blieb viel lieber zuhause – und von seinem Geld mehr und mehr in seinem Portemonnaie.

Als Frankies Eltern kurz nacheinander starben, blieb er in dem Haus wohnen und übernahm den alten Haushalt, so wie er war: die Möbel stammten aus der Zwischenkriegszeit. Es gab keine Heizung, nur einen Kohleofen in der Wohnzimmerecke. Frankie schlief weiterhin in dem Eisenbett, in dem er seit seiner Jugend immer gelegen hatte. Als Matratzenschoner dienten ihm alte Zeitungen. Wenn er fernsehen wollte, klopfte er bei seinem Nachbarehepaar an, das sich freute, wenn er abends vorbeischaute. Er saß dann gerne lange auf vor dem Gerät, und seine Nachbarn gingen schon schlafen, wenn er noch auf deren Sofa hockte, mit der Bitte, er möge den Apparat ausschalten, bevor er sich irgendwann in seine eigene Wohnung zum Schlafen auch hinlegte. Alles verlief einvernehmlich. Er war bedürfnislos geworden. Sein Leben bewegte sich mit dem alten Fahrrad seiner Mutter zwischen Strumpffabrik und Jerusalem.

Frankies großes Geheimnis war die Lade links außen am Küchenschrank – ein Möbel aus den fünfziger Jahres des letzten Jahrhunderts. Diese Lade war vollgepfropft mit Geldscheinen: nicht sauber gebündelt oder sortiert nach Größen – nein: ein wahres Durcheinander über die ganze Lade verteilt – und nicht nur Hunderter, sondern alle Sorten. Diese Lade besaß kein Schloss und keinen Schlüssel. Da er gut verdiente, kein Sparkonto hatte und anspruchslos geworden war, holte Frankie an jedem

Ersten sein gesamtes Geld von seinem Girokonto ab, bezahlte per Überweisung Strom und Wasser, und was sonst noch anlag. Dann steckte er etwas in sein Portemonnaie. Der Rest wanderte in die Lade. Ab und zu entnahm er etwas für seinen Lebensunterhalt, aber sein zinsloser Reichtum im Küchenschrank wuchs langsam aber stetig. Er sah den Ladeninhalt nicht als verborgenen Schatz an. Frankie hatte die Beziehung zum Geld verloren.

Er erzählte seinen Nachbarn, bei denen er also gelegentlich Fernsehen guckte, von der Quelle und bot ihnen an: „Wenn Ihr ein Problem habt, nehmt was. Nehmt, was Ihr braucht. Es ist genug da." Die guten Leute machten von dem Angebot niemals Gebrauch.

Aber eines Tages dann doch – nach langem guten Zureden: ihre Waschmaschine hatte den Geist aufgegeben. Da holte Frankie ein Bündel Scheine aus seiner Lade und überzeugte seine Freunde, das Geld anzunehmen. Das war das erste und einzige Mal, dass sie Geld von ihm annahmen, obwohl die Lade immer offen war.

Eines trüben Herbstmorgens fiel Frankie das Aufwachen schwer. Sein rechter Arm und sein rechtes Bein fühlten sich taub an, und die Taubheit setzte sich auch über den Nacken bis zum Ohr und zum rechten Augenlid fort. Er drehte sich vorsichtig aus dem Bett und versuchte, sich zu setzen, fiel aber gleich wieder zurück. Mit vielen Mühen gelang es ihm endlich, aufzustehen, wobei er sich sofort an der Lehne des Stuhles festhalten musste, auf dem er am Abend zuvor seine Kleidungsstücke abgelegt hatte. Er brauchte lange, um sich anzuziehen. Vorsichtig verließ er das Haus. Ihm war klar, wohin er musste, aber seine Nachbarn waren beide zur Arbeit gegangen, und ein Telefon besaß er nicht.

Frankie versuchte es mit dem alten Fahrrad, aber er konnte sich nicht mehr darauf halten. Schließlich schleppte er sich zur nächsten Bushaltestelle. Sie war nicht weit – vielleicht einhundert Meter. Er sagte dem Fahrer das örtliche Hospital als Zieladresse an. Unterwegs glitten am Fenster des Busses die Häuser und Straßen, die Kirche und die Supermärkte, die alten Fabrikgebäude, die Cafés und die Wirtshäuser an ihm vorbei. Bei Venezia musste er umsteigen. Seine alte Wirkungsstätte nahm er nur noch wie durch einen Nebel wahr. Er brauchte keinen Hunderter mehr, sein Kleingeld reichte. Verkehrsgeräusche drangen wie durch Watte an sein Ohr. Schließlich fand er den Anschlussbus, der ihn ins Krankenhaus brachte.

Frankie erholte sich von seinem Schlaganfall nicht mehr. Bei seiner Beerdigung hatten sich neben dem Pfarrer und dem Bestatter noch sechs Menschen an seinem Grab versammelt: seine Schwester mit ihrem Mann, seine Cousine mit ihrem Mann und das Nachbarehepaar.

Nach der Beerdigung trafen sich die Sechs im Stadtparkrestaurant: es gab Beerdigungskuchen und Kaffee. Frankies

Cousine hatte kein Problem, die Rechnung zu begleichen. Die restlichen dreißigtausend Euro aus der Küchenschranklade teilte sie sich mit dem Nachbarehepaar. Es war alles da, was sie brauchten.

Durch graue Stahltüren

Am 1. September 1983 wurde eine
Boeing 747 der Korean Air Lines (Flug 007)
in der Nähe der sowjetischen Insel Sachalin,
auf der sich sensible militärische
Einrichtungen befanden, durch einen
sowjetischen Abfangjäger abgeschossen.
Alle 269 Personen an Bord kamen ums
Leben.

Warum sich die Maschine, die sich auf
einem Flug von Anchorage nach Seoul

befand, vom Kurs abgekommen war und sich dort befand, ist nach wie vor Gegenstand von Spekulationen.

Die westliche Staatengemeinschaft reagierte mit einem vorübergehenden Boykott des Flugbetriebs in die Sowjetunion.

***

Mein Dilemma begann in Wien. Ich hatte einen Auftrag und ein Flugticket von Schwechat nach Scheremetjewo in Moskau mit der AUA. Aber die AUA boykottierte. Was war zu tun, um am nächsten Morgen doch noch in Moskau zu landen?

Es gab einen Weg von West nach Ost, und der führte über das geteilte Berlin. Die einzigen Airlines, die West-Berlin anfliegen

durften, waren PanAM und British Airways.
Von Ost-Berlin war es dann kein Problem,
von Schönefeld nach Moskau per Interflug.
Also: umbuchen!

Blieb die Antwort auf die Frage: wie
komme ich von West- nach Ost-Berlin?
Antwort: durch die Mauer!

***

Es gab ein IBIS-Hotel im Britischen
Sektor nahe einem Übergang, welcher
Schönefeld auf der anderen Seite am
Nächsten lag. Ich checkte ein und noch vor
der Nacht wieder aus, behielt aber mein
Zimmer noch bis vier Uhr morgens. Für
diese Uhrzeit hatte ich ein Taxi bestellt. Ich
erledigte noch einige Telefonate und legte

mich voll angezogen aufs Bett. Um vier klingelte mein Reisewecker. Ich nahm meine Reisetasche und verließ das Gebäude. Das Taxi wartete bereits, die Reisedokumente befanden sich in meiner Manteltasche. Der Fahrer brachte mich in die Nähe des Übergangs:

„Den Rest müssen Sie zu Fuß gehen."

Ich stieg vor einer Militärbaracke aus, und schon stand ein britischer Offizier vor mir und verlangte woher? Und wohin?

Ich zeigte ihm meine Papiere und sagte, dass ich auf die andere Seite nach Schönefeld wollte. Keine fünfzig Meter vor mir erhob sich die hell angestrahlte, graue Berliner Mauer. Der Soldat zeigte auf einen Wachtturm direkt dahinter mit einer gläsernen Kuppel.

„Gehen Sie langsam darauf zu und befolgen Sie deren Anweisungen. Viele Glück!"

Ich hatte nur eine Reisetasche am lagen Arm. Es war halb fünf. In zweieinhalb Stunden ging mein Flug. Langsam schritt ich auf die Mauer zu – immer in Richtung des gläsernen Turms. Etwa zwanzig Schritt davor wurde ich per Lautsprecher angerufen:

„Halt! Wo wollen Sie hin?"

„Schönefeld. Ich habe einen Flug nach Moskau."

„Gehen Sie langsam weiter bis zur Tür."

In die Mauer war eine graue Stahltür eingelassen. Sie öffnete sich, und ich ging hindurch. Die Lautsprecherstimme ermahnte mich, weiterzugehen und nicht stehen zu bleiben.

Links und rechts von mir waren mit Stacheldraht gekrönte Zäune, hinter denen Schäferhunde hin und her huschten. Sonst war in der Dunkelheit nichts zu erkennen. Der Korridor schien mir unendlich lang, aber es waren vielleicht nur zwanzig Meter. Dann stand ich vor einer weiteren Tür, dieses Mal aus Maschendraht.

Ich wartete. Irgendwo weiter vorne ahnte ich die Gegenwart einer Baracke.

Ich wartete.

Nichts tat sich.

Für eine lange Zeit.

Mein Flieger würde nicht warten. Was sollte ich machen, wenn ich ihn verpasste?

Ein Mann in Uniform kam auf der anderen Seite hinter der Maschendrahttür auf mich zu. Er öffnete eine Klappe und verlangte meine Papiere.

„Warten Sie hier."

Wieder vergingen Minuten wie Stunden. Dann tauchte der Mann endlich aus dem Dunkel auf und entriegelte die Drahttür. Ich folge ihm auf sein Zeichen hin über einen mit Platten belegten Weg bis zur Baracke. Der Uniformierte ging hinein, und heraus sprangen vier Soldaten in voller Kampfmontur, Helme und alles.

Dann blicke ich zum ersten Mal in meinem Leben in vier Maschinenpistolenläufe, die alle auf mich gerichtet waren.

Bevor etwas passieren konnte, kam von hinten über eine mit Kopfsteinen gepflasterte Straße, die ebenfalls zu den Baracke führte, ein weißer VW-Bully mit West-Berliner Kennzeichen angerast und hielt mit quietschenden Bremsen direkt neben mir. Heraus sprang ein drahtiger Mann, etwa vierzig Jahre alt, in weißen Jeans und Buschhemd. Er hatte kaukasischen Gesichtszüge und einem starken, tiefschwarzen Schnurrbart.

Er rief dem Brigadeführer etwas auf Russisch zu. Der verschwand in der Baracke und kam mit meinen Papieren zurück, die er mir aushändigte. Die Truppe verschwand im Inneren.

Der Kaukasier wandte sich auf Deutsch an mich: wo ich hinwollte (als ob er es nicht schon wüsste), Schönefeld, ja, das wäre auch sein Ziel, ob er mich mitnehmen sollte, ja, gerne.

Er nahm meine Reisetasche, öffnete die Heckklappe des weißen Autos und verfrachtete sie oben auf einer Tragetasche mit Golfschlägern. Ich stieg ein, und wir fuhren auf ein breites stählernen Gittertor zu, das sich wie magisch zur Seite schob. Als wir durch waren, leuchteten in der Ferne, aber gar nicht mehr so weit entfernt, die Lichter des Flughafens Schönefeld. Es war immer noch dunkel und noch Zeit.

Keine fünf Minuten später waren wir am Flughafen, aber der Mann fuhr durch eine Gasse auf ein Nebengebäude zu, hielt kurz vor einer kleinen Schranke, die sich dann öffnete, und bedeutete mir, auszusteigen und eine kurze Treppe hinaufzugehen, die zu einer grauen Stahltüre führte.

Ich folgte seinen Anweisungen, nahm meine Reisetasche, und er fuhr auf und davon irgendwohin, wo ihn das Innere des Flughafens verschluckte.

Ich ging in das Gebäude hinein und betrat einen Wohnzimmer großen, hell erleuchteten Raum, in dem sich ein einzelner Check-in-Schalter befand, hinter dem eine wohl genährte Stewardess von Interflug saß, die mich ohne ein Zeichen von Empathie nach Ticket und Pass fragte. Ich stellte mein Gepäck auf das lächerlich kurze Transportband, von wo es nach einer knappen Bewegung von der Dame aufgenommen wurde. Ich erhielt meine

Bordkarte, und dann tauchte ein uniformierter Mann aus einem Nebenzimmer auf, der mir bedeutete, ihm zu folgen.

Es ging eine steile eiserne Treppe hinauf bis zu einer weiteren grauen Stahltür. Der Mann ging vor, schloss die Tür hinter mir ab und wies mich an, zu warten. Dann verschwand er durch noch eine graue Stahltür gegenüber, die er von außen ebenfalls verschloss, und ich war allein.

Der fensterlose Raum maß etwa drei mal drei Meter. An zwei Wänden waren Sitzpritschen angebracht, aber das erstaunlichste waren die vier Spielautomaten an den Wänden – ausschließlich für DM und – hier sah ich sie zum ersten Mal – lange bevor die im Westen auftauchten – die Automaten nahmen sogar Scheine.

Mich interessierten die Automaten nicht, aber da ich sonst nichts zu tun hatte, sah ich ständig auf die Uhr: noch fünfundvierzig Minuten bis zum Abflug.

Der freundliche Uniformierte trat wieder durch die graue Stahltür, hinter der er vor unendlich langer Zeit verschwunden war, und bedeutete mir schweigend durch ein Handzeichen, dass ich ihm wieder einmal folgen sollte. Ich verließ den Spielautomatenraum und – fand mich im Trubel der großen Abflughalle von Schönefeld wieder– fünfzig Schritt von meinem Abflugterminal entfernt. Es wimmelte von fröhlichen Menschen. Da ich meinen Boardingpass ja bereits hatte, beschloss ich, noch schnell zu frühstücken. Ganz in der Nähe befand sich ein kleines Café in der Halle, wo ich eine mit Hartwurst belegte Scheibe Graubrot und eine Tasse dünnen Kaffee zu mir nahm. Vorher hatte ich den Kellner darauf aufmerksam gemacht, dass ich nur mit Westmark bezahlen könnte. Nach kurzem Zögern hatte der Mann geantwortet:

„Ja, nehmen wir auch."

Stalinsky Village

Der alte Mann beugte sich über den Werktisch und beobachtete, was seine von Ritz-Arthrose heimgesuchten Finger geduldig zusammenfügten. Eine matte Lampe, die früher einmal über einem Schreibtisch ausgespannt gewesen war, gab zusätzliches Licht zu dem trüben Schein, der sich durch die von Spinnweben getarnte Fensterscheibe den Weg bahnte.

Ansonsten war der Schuppen ordentlich aufgeräumt. Links vom Werktisch an der Rückwand Farb- und Leimtöpfe, fein säuberlich aufgereiht auf Regalen, im Rücken des Alten parallel zur Fensterseite die schwereren Utensilien: Bohrmaschine, Sägen, Schraubzwingen. Ein geöffneter Werkzeugkasten stand auf dem Arbeitstisch. Die Eingangstüre war nur angelehnt. Ein schmaler Lichtkegel fiel herein und ließ erahnen, dass draußen die Sonne schien.

Vor ihm auf dem Tisch lag eine flache Blechdose mit allerlei gefiedertem Inhalt, daneben einige Haken und noch mehr kleine Federn. Obwohl seine Finger wegen der Arthrose leicht zitterten, kam der alte Mann doch zügig voran mit seinem Geschäft.

Er griff zwei kleine Entenbürzelfedern und band sie mit einem Stück feinen Drahts zusammen, sodass sie wie zwei kleine Flügel voneinander abstanden. Die Federn hatte er schon so vorbereitet, dass das eine Kielende ohne Federkleid überstand. Dieses Kielende setzte er auf einen 10er Angelhaken, wickelte Kiel und Hakenrücken mit dem feinen Draht zusammen. Dann betrachtete er seine Forellenfliege mit Wohlgefallen, drehte sie noch einmal hin und her und legte sie dann sorgfältig zu den anderen in das Blechkästchen.

Sein Blick fiel durch das von Spinnweben verhangene Fenster vor ihm auf die Rhododendren-Büsche draußen, jetzt herrlich von der Sonne beschienen. Seine Gedanken schweiften ab von seinen Angelvorhaben. Wanderten zurück in der Zeit, die jetzt wie eine nicht mehr änderbare, festgefrorene Strecke hinter ihm lag – eine Strecke, auf der allerlei Gestalten ihren Platz hatten – geliebte und solche, an denen er sich geärgert hatte.

Er dachte an Ruth, die vor zwei Jahren gestorben war. Er hatte fast bis jetzt gebraucht, wieder einen eigenen Rhythmus zu finden. Sein eigenes Leben zu führen, Entscheidungen ganz allein und nur für sich zu treffen.

Und Berthold war auch tot. Begraben neben den Rhododendren unter dem Rasen.

Der treue Berthold.

Sein Angelkumpan.

Seine Leinen hingen jetzt auch im Schuppen – gleich neben der Tür.

Er blinzelte hinaus ins Sonnenlicht.

Die Nebel der Vergangenheit holten ihn ein.

Ein Auto.

Er lag auf dem Rücksitz unter einer Wolldecke, die nach kaltem Schweiß roch. Unter ihm zu seinen Füßen, unter einer anderen Wolldecke, lag Stefan. Sergej hinter dem Steuer. Sie waren in der Gorki-Straße eingestiegen – direkt vor dem Intourist-Hotel. Sie waren die Gorki-Straße hinaufgefahren

Richtung aus Moskau hinaus – bis es die Straße nach Leningrad wurde, an der riesigen Panzersperre aus Beton vorbei an der Stelle, bis wohin die Deutschen im Zweiten Weltkrieg vorgedrungen waren. Dort, wo jungvermählte Brautpaare nach der Trauung rote Nelken niederlegten. Nachdem sie vorher das Lenin-Mausoleum am Roten Platz besucht hatten.

Dann mussten Stefan und er unter die Wolldecken. Sergej bog scharf links ab. Vor dem Gai-Posten stoppte der Wagen. Ab hier hatten Stefan und er keinen gültigen Probus mehr. Die Schranke ging auf, und der Wagen fuhr durch. Einhundert Meter weiter durften sie die Decken abschütten und sich aufrecht setzen. Links und rechts sahen sie kleine, geduckte Häuser mit bunt gestrichenen Staketenzäunen vor verwucherten Vorgärten.

Es war schon dunkel, als sie in Stalinsky Village einbogen. Linker Hand fuhren sie an einer hohen, mit Efeu bewachsenen Mauer vorbei. Dahinter lag das Haus, in dem Stalin am 5. März 1953 nicht mehr aus seinem Schlaf erwacht war. Sergej erklärte ihnen, dass dort jetzt ein Sanatorium betrieben wurde.

Sie hielten irgendwo in Kunzewo vor einem Plattenbau an. Bis auf Licht, das aus einem Fenster im dritten Stock schien, war das Gebäude vollständig dunkel. Sergej ging vor, die breite Fronttreppe hinauf. Die Eingangstüren aus Glas standen weit und einladend offen. Im Flur war es so dunkel wie draußen. Sie stiegen hinauf bis ins dritte Stockwerk. Auf jeder Etage gab es vier Appartements. Hier oben stand eine Tür offen und Licht drang heraus.

Sergej ging vor.

Über den kurzen Wohnungsflur in eine Art Wohnzimmer.

Leise klassische Musik erfüllte den Raum.

Es gab einen eichenen niedrigen Wohnzimmertisch, ein verschlissenes Sofa und mehrere Sessel unterschiedlichen Stils. Ein fleckiger Teppich. Auf dem Tisch zwei Flaschen und mehrere Gläser. Auf dem Sofa saßen zwei Männer um die vierzig in schwarzen Lederjacken. Sie rauchten.

Sergej war wieder nach unten gegangen. Einer der beiden anderen Männer füllte vier Gläser mit Wodka – je hundert Gramm. Er wies auf die Sessel. Der damals noch junge Mann war zufrieden. Alles, was noch fehlte, war ein Teller mit Salz und Scheiben von einer frischen Salatgurke. Aber – was soll´s: man kann nicht alles haben.

Das Kofferradio auf dem Beistelltischchen spielte gedämpft weiter. Er legte acht Aktenstücke auf den Tisch, die Leute gegenüber prüften sie, und einer von ihnen zog ein Bündel Dollari aus der Innentasche seiner Lederjacke. Stefan zählte und nickte: alles Hunderterscheine. Sowohl hier als auch in New York könnten sie damit in Schwierigkeiten kommen. Stefan nahm vier Scheine ab für Sergej.

Die Männer erhoben sich. Einer zeigte auf seine Armbanduhr und spreizte seine zehn Finger. Dann gingen sie.

Zehn Minuten später folgten die anderen Beiden. Das Auto war nicht zu sehen. Sie gingen in eine Seitenstraße hinein. Hier wartet Sergej. Nachdem sie seine Hand gefüllt hatten, ging es zurück. Wolldecken und alles.

Der alte Mann blinzelte in das Sonnenlicht, das von draußen durch die Spinnweben vor seinem Fenster hineinfiel. Er drehte die Köderfliege, die er gerade zwischen

Daumen und Zeigefinger hielt, ein wenig hin und her und legte sie dann zufrieden in die Schachtel auf einem Werktisch.

Aus den Augenwinkeln bemerkte er, dass der Lichtkegel, der durch den Türspalt rechts neben ihm in den Raum drang, sich langsam verbreiterte. Er hörte das Knarzen der ungeölten Türangeln. Langsam wandte er seinen Kopf in diese Richtung.

Im Türrahmen stand ein Mann.

Ein junger, schlanker Mann.

Ein schwarzer Mann.

In Jeans und einem bunten T-Shirt.

„California Institute of Technology" stand da drauf gedruckt.

Der alte Mann sah die braunen Augen seines Gegenüber: braun wie der Sand der Sahara.

Der junge Mann starrte ihn eine kurze Zeit lang schweigend an. Dann deutete er mit dem Gegenstand in seiner Hand nach draußen. Der Alte kannte so ein Gerät. Es war nicht das erste Mal, dass er in den Lauf einer Feuerwaffe blickte. Er stand auf von seinem Stuhl.

Rückte ihn nach hinten.

Trat langsam einen Schritt auf den Eindringling zu:

„Was willst Du?"

„Money. Quick."

Der Fremde winkte ungeduldig mit der Waffe. Der Alte erkannte die Schreckschusspistole. Der Steg im Lauf war noch nicht einmal durchgebohrt.

Der junge Mann deutete mit der Pistole nach draußen und der Alte schob sich an ihm vorbei in die Sonne auf den plattierten Weg.

Langsam schritten die Beiden die Natursteinplatten ab, an den Rhododendren vorbei, am Grab des treuen Berthold vorbei in Richtung Terrasse, deren Tür der alte Mann im

Vertrauen auf die Sicherheit seiner Welt offen gelassen hatte.

Der junge Mann wollte wohl reich werden, ging es dem alten durch den Kopf. Vielleicht auch einmal so ein schönes Haus besitzen mit so einem Garten. Die Wege zum Reichtum waren vielfältig. Das wusste auch er. Und manches Mal gab es gar keinen. Dann mußten die Leute arm bleiben. Auf jeden Fall meinte der junge Mann wohl, einen Weg gefunden zu haben. Vielleicht war es ja ein kurzer Weg. Ohne Reichtum.

Sie traten ein ins Wohnzimmer, gingen am Kamin vorbei auf dicken, flauschigen Teppichen, die jeden Schritt dämpften, durch eine gläserne Flügeltür auf den Flur. Der Alte deutete nach oben:

„Der Safe ist in meinem Büro."

„Go."

Sie stiegen die Marmorstufen hinauf. Die Stufen waren von einem roten Läufer bedeckt, der durch Messingstangen gehalten wurde. Oben hielt der alte Mann sich rechts und ging durch eine offenstehende Tür in ein geräumiges Zimmer, dessen Wände weiß gekälkt waren. An ihnen hingen Ölgemälde mit Szenen von Seeschlachten in goldenen Rahmen. Rechts neben dem geräumigen Mahagoni-Schreibtisch stand ein kleiner grauer Schrank: der Safe.

Der alte Mann ging davor in die Hocke. Drehte am Zahlenschloß und die kleine, dicke Tür sprang auf. Der Safe hatte nur zwei Fächer – ein schmales oben, und unten lagen Papierbündel und ein Stapel Dollarscheine, Reste von einem ehemals größeren Paket.

Der alte Mann langte behende in das schmale obere Fach und zog blitzschnell seine Luger hervor – durchgeladen und entsichert – für solche Fälle.

Es ging alles sehr schnell.

Aus der Hocke heraus, mit einer leichten Drehung richtete der alte Mann seine Luger etwa auf die Höhe des Kinns seines Gegners, der schräg hinter ihm stand, und drückte ab. Der Rückschlag riß den Lauf nach oben, sodass die Kugel präzise in die Stirn zwischen den beiden Augenbrauen einschlug.

Die braunen Augen des Afrikaners verloschen. Auf ihren Netzhäuten fixierte sich nicht das Bild der Sanddünen der Sahara, sonder das zuletzt Gesehene: ein Packen Dollarscheine, die ihr Besitzer einst illegal erworben hatte, in einem offenen Safe.

Angeln

Ein diesiger Schleier liegt an einem frischen Morgen über einem einsamen See in Norwegen. Spiegelglatte Wasserfläche. Es weht ein leichter Wind. Mit dem Hellwerden hebt sich langsam der Dunst und bleibt in den hohen Eiben am gegenüberliegenden Ufer hängen. Schemenhaft die graugrünen Felsblöcke, die rund um das Gewässer aufragen. Kein Haus, keine Straße – nur ein Schotterweg etwas oberhalb, an dem ein Geländefahrzeug parkt.

Ein Mann steigt aus mit seinem Hund, und man erkennt an Kleidung und Ausrüstung den Angler. Er klettert die Böschung hinunter über Buckel und Furchen, durch niedriges Gestrüpp bis an eine Stelle, an der sich ein schmaler Bachlauf in den See ergießt.

Der Mann legt seine Rutentasche ab, seine Angelbox und den zusammengefalteten Stuhl. Er prüft den Boden, läßt seinen Blick durch zusammengekniffene Augen über den See schweifen, prüft wiederum das Ufer nach links und nach rechts und zieht dann den Reißverschluß seiner Rutentasche auf. Er nimmt aus der Mitte einen von zwei Rutenhaltern und steckt ihn nahe am Ufer in den weichen Boden. Die erste Angel ist schon vorbereitet: eine Teleskopangel, die er nun vorsichtig auseinanderzieht. Die Montage weist ein Sargblei auf, davor ein Vorfach mittlerer Stärke mit entsprechendem Haken. Der Mann greift in seine Box und holt eine Plastikdose voller Tauwürmer in feuchter Erde hervor. Er befestigt einen Wurm am Haken, rollt die Schnur auf, bis das Blei kurz unter der Rutenspitze hängt, preßt die Schnur unten mit einem Daumen an den Korkgriff, öffnet den Rollenbügel, lehnt sich zurück und wirft die Angel über die Schulter aus nach vorne, bis Köder und Blei knappe 20 Meter vor ihm im Wasser landen. Die Schnur wickelt ab, bis das Blei den Seegrund erreicht hat. Der Mann schließt den Rollenbügel und holt Schnur ein, bis Spannung entsteht. Dann befestigt er ein kleines Signalglöckchen an der Rutenspitze und legt die Angelrute auf der Kerbe des Rutenspießes ab. Erster Arbeitsgang.

Jetzt entnimmt er der Rutentasche den zusammengeklappten Kescher, entfaltet ihn und legt ihn so neben die Angel, daß das Netz gerade im Wasser zu liegen kommt. Aus der Zubehörbox wird ein Geschirrtuch genommen und neben den Kescher auf den Boden gelegt. Darauf werden Totschläger, Anglermesser und Hakenlöser ausgebreitet.

Zweiter Arbeitsgang.

Das Notwendigste ist getan, der Fisch kann kommen.

Der Mann faltet den Stuhl auseinander, sucht einen ebenen Fleck am Boden zum Abstellen und nagelt eine

Halterung für seinen großen braunen Schirm daneben ein. Dann kommt die zweite Angel an der Reihe: eine Steckrute für Forellen. Hier müssen noch Wasserkugel, Wirbel und Vorfach und die passenden Bleigewichte angebracht werden. Das nimmt einige Zeit in Anspruch:

Wasserkugel halb im See befüllen, Schnur durchschieben, Wirbel mit Blutknoten festmachen und Vorfach einhängen. Dann zwei, drei Bleie unterschiedlichen Gewichts, die leichteren weiter unten. – Er holt einige Ködergläschen hervor und entscheidet sich dann für gelben Kunstteig mit Glitter. Mit dem Zeigefinger kratzt er einen Klumpen aus einem Glas heraus, rollt ihn in der Handfläche fest, drückt ihn platt und an den Haken. Wurf im

Winkel von der ersten Angel weg, und schon schwimmt die Wasserkugel in zehn Metern Entfernung im See, wo sie ruhig stehen bleibt. Der Angler setzt sich in seinen Faltstuhl und lehnt sich zurück. Grundschnur und Wasserkugel sind ruhig, seine Augen wandern dazwischen hin und her: warten ….

„Und als Jesus aufgehört hatte zu reden, sprach er zu Simon: Fahre hinaus, wo es tief ist, und werft eure Netze zum Fang aus!" steht bei Lukas im 5. Kapitel.

Es beginnt, langsam zu regnen. Der Mann zieht sich auf seinen Stuhl unter dem großen Dach seines Schirms zurück, drückt seinen Hut tiefer und knöpft seine Jacke zu. In einer der Armlehnen steckt in der dafür vorgesehenen Aussparung sein Teebecher, aus dem es heiß dampft. Die Thermosflasche lehnt am Boden gegen ein Grasbüschel. Sein Hund hat sich unter dem Schutz des Schirms direkt am Stuhl eingerollt und scheint zu schlafen. Seine Ohren sind aufgerichtet, und er regt sich nur, wenn weit draußen irgendein Tier schreit.

Ab und zu steht der Angler auf, nimmt eine Rute auf, holt ein, prüft den Köder und wirft wieder aus: warten, den Blick über die Wasserfläche, von der Spitze der Grundangel zur Wasserkugel und zurück. Warten auf den Biß, auf den Fisch.

„Und Simon antwortete und sprach: Meister, wir haben die ganze Nacht

gearbeitet und nichts gefangen; aber auf dein Wort will ich die Netze auswerfen. Und als sie das taten, fingen sie eine große Menge Fische, und ihre Netze begannen zu reißen." (Lk 5,4-6)

Es regnet weiter. Das Aufschlagen der Tropfen auf das Schirmdach ersetzt das Vorrücken des Sekundenzeigers im Alltag. Es gibt kein Zeitziel, keine Terminstunde, die bekannt wäre. Sie sind dann erreicht, wenn der erste Fisch beißt. Regen …. Aufstehen …. Einholen …. Auswerfen …. Warten …. Warten …. Aufstehen …. Einholen …. Auswerfen …. Warten ….

Das letzte Haus

Es war wieder so still.

Es war immer noch still. Und immer noch dunkel. Hier gab es keine Mäuse, kein Rascheln. Corinna strengte sich an, aber hörte nichts. Nichts, als das Quietschen der Matratze, wenn sie ihre Lage änderte. Es gab hier sicher Spinnen, aber die konnte sie ja nicht sehen. Corinna – so hieß sie. Das wußte sie. Daran hatte sich nichts geändert, seit sie ihre alte Welt verlassen mußte. So hatten ihre Eltern sie gerufen. Und das mußte auch noch nach dieser Ewigkeit richtig sein. Schließlich war sie zwölf

Jahre alt. Aber vielleicht war es gar keine Ewigkeit her, vielleicht nur drei Tage. Dreimal hatte der Mann ihr eine Pizza gebracht, dreimal eine kleine Plastikflasche mit Wasser. Sonst hatte sie keine Anhaltspunkte – weder die Sonne noch den Mond.

In dem Raum gab es keinen Lichtschalter. Der Mann mit der schwarzen Gesichtsmaske knipste in dem Flur vor ihrem Verlies das Licht an, bevor er mit der Pizza und dem Wasser hereinkam. Sie konnte durch die offene Holztüre erkennen, daß da draußen ein grauer, roh verputzter Kellerflur war. Beim ersten Mal war sie aufgesprungen und wollte schreiend an dem Mann vorbei ins Freie, aber er hatte sie brutal ins Gesicht geschlagen und auf die Matratze zurück geworfen. Dabei hatte er nichts gesagt, kein Wort.

Das Schreien hatte sie jetzt aufgegeben. Sie rollte sich auf die Seite, krümmte sich zusammen und wimmerte leise vor sich hin. In der Ecke stand auch ein Eimer irgendwo. Das war alles.

***

Er wollte das allein durchziehen. So ein Typ war er. So hatte er das immer in seinem Leben gemacht. Er wollte nie auf andere angewiesen sein – auch nicht auf die Polizei.

Als der erste Kontakt zustande kam, war für ihn klar, daß er das zusammen mit Mimmi durchziehen würde. Der Anrufer brauchte ihn gar nicht erst darauf hinzuweisen, daß er bei dem Leben seiner Tochter auf keinen Fall die Polizei benachrichtigen durfte. Mimmi meinte zwar zuerst, sie sollten das tun, aber er blieb hart. Er brauchte nur etwas Zeit für das Geld. Obwohl Fünfzigtausend nicht gerade viel für eine Erpressung waren, mußten die doch erst einmal locker gemacht werden. Dafür hatte er sich drei Tage beim Anrufer ausbedungen. Er mußte dafür Anteile aus seinem Immobilienfonds verkaufen, und das brauchte seine Zeit.

Jetzt hatte er das Geld, und die Übergabe konnte laufen. Es war morgens am vierten Tag nach der Entführung. Nick Formann stieg in seinen roten Polo und fuhr vereinbarungsgemäß Richtung Rhein. Hier, bei Bonn, im Ortsteil Mehlem, sollte die Übergabe stattfinden. Er parkte in der Schloßallee gegenüber dem Italiener. Dort gab es einen kleinen Park mit einem Brunnen, der heute nicht sprudelte, und einen Papierkorb neben einer Bank. Nick schaute nach links und rechts und plazierte dann seine Plastiktüte mit dem Geld in den Papierkorb, wie besprochen. Der Erpresser mußte sich ganz in der Nähe befinden, um ihn beobachten zu können, aber er selbst hatte jetzt keine Zeit, sich danach umzusehen. Er sollte zehn Minuten später am Anleger der Köln-Düsseldorfer Ausflugsschiffe sein, um weitere Instruktionen abzuwarten. Den Anleger an der Uferpromenade konnte er von hier nur zu Fuß erreichen.

Da gab es einen Schaukasten mit den Schiffsfahrplänen. Die Glasscheibe des Kastens war schon lange nicht mehr vorhanden, und innen drin klebte ein gelber Post-It-Zettel mit der Anweisung, im Papierkorb an der letzten Bank vor dem Weinhäuschen zu suchen. Er würde schon etwas finden.

Das Weinhäuschen befand sich an derselben Promenade, etwa einen halben Kilometer weiter Rhein abwärts. Nick Formann beeilte sich, so schnell erkonnte, ohne bei den anderen Spaziergängern und Joggern aufzufallen. Nach fünf Minuten wühlte er in dem Abfalleimer. Das Smartphone – sicher pre-paid

– lag ziemlich oben unter einer gebrauchten Pappschale vom Imbiß am Fähranleger weiter unten. Er wischte sich die Hände an seiner Hose ab und drehte das Teil hin und her. Hinten war ein schmaler Papierstreifen aufgeklebt mit einer Code-Nummer: „0000". Das mußte die PIN sein.

Er schaltete das Gerät an, gab die vier Nullen ein, und wartete, bis das Betriebssystem hoch gefahren war. Kurz darauf gab das Smartphone einen Summton von sich, und auf dem Display erkannt er, daß er eine SMS erhalten hatte. Er wählte das Icon, und die Nachricht erschien:

„Im letzten Haus Kanalstrasse Kirchhoven"

***

Es was wieder so still. Aber dieses Mal blieb die Stille länger. Nicht, daß sie Sehnsucht nach ihrem Kerkermeister gehabt hätte. Nur …. Sie wußte, daß diese Stille eine Bedeutung hatte. Anders als sonst. Obwohl …. Sie kannte nicht Tag noch Nacht, konnte die Stunden nicht zählen. Aber sie spürte, wenn sie wieder Lust auf Essen hatte. Aber er kam nicht. Zuerst redete sie sich ein, daß es vielleicht ihre Angst, ihr Nerven sein könnten. Daß sie allmählich verrückt würde in ihrer Einsamkeit. Dann war sie sich sicher, daß es schon lange her sein mußte, daß die schwere Holztür sich geöffnet hatte, und er ihr ihre Pizza und das Mineralwasser hingestellt hatte.

Sie wußte jetzt, wer er war, obwohl er diese Wollmaske trug, hatte aber Angst gehabt, es ihm zu sagen, weil sie sich fürchtete, daß er sie dann umbringen würde. Vielleicht würde er das ja sowieso tun. Am Ende. Aber sie wußte, wer er war. Holger Seeberg, der Geselle, der bei ihrem Vater in der Schreinerwerkstatt arbeitete. Sie hatte ihn an seinem Daumennagel erkannt, als er das letzte Mal den Teller mit der Pizza hingestellt hatte. Die Tür hatte er einen Spalt weit offen gelassen, damit er bei dem künstlichen Licht aus dem Kellerflur sehen konnte, wo sie war. Sein Daumennagel war verkrüppelt. Das war ein Unfall gewesen. Damals, als seine Hand aus Unachtsamkeit in die Fräse geraten war. Er hatte noch Glück gehabt, daß nicht mehr passiert war. – Und als sie sich ziemlich sicher war wegen des Nagels, erkannte sie ihn auch wieder an seinem Gang – die krummen Fußballerbeine. Sie war sich sicher.

***

Es waren knapp zehn Kilometer bis Kirchhoven, einem kleinen Nest in Wachtberg hinter Berkum. Formann rannte zu seinem Polo in der Schloßallee zurück, raste durch Mehlem, unter der Eisenbahnunterführung hindurch, durchquerte Niederbachem, um in Berkum links abzubiegen am Friedhof vorbei, bis er nach zehn Minuten in Kirchhoven anlangte. Hier mußte er suchen. Er war zwar schon einmal in diesem Nest gewesen, aber die Kanalstraße kannte er nicht. Ein Bauer belud den Anhänger seines Traktors mit schwerem Gerät.

„Entschuldigung. Wo finde ich die Kanalstraße?"

„Immer geradeaus bis zum Wald und dann links."

In der Tat gab es entlang dem Schotterweg – der Kanalstraße – einen künstlichen Bewässerungsgraben, den Kanal. Hier standen nur drei Häuser, dann endete der

Weg im Wald. Das letzte Haus war mintgrün gestrichen. Formann trat auf die Bremse, daß der Schotter nur so aufspritze. Er sprang aus dem Auto, stieß das kleine Gartentor auf und drückte die Klingel so heftig, als wollte er den Knopf in der Wand versenken. Es dauerte eine unendliche Weile, dann öffnete eine ältere Frau vorsichtig die schwere Holztür – aber nur einen Spalt. Innen war eine Kette angelegt.

Nick Formann schrie es förmlich heraus: „Wo ist meine Tochter?"

Die Frau machte große Augen und schob ihren Kopf ein wenig vor in den Türspalt:

„Was wollen Sie? Wer sind Sie überhaupt? Hier ist niemand."

„Meine Tochter. Sie muß hier sein. Das letzte Haus Kanalstraße. Wo ist Sie?"

„Sie müssen sich täuschen. Ich wohne hier allein. Um was geht es denn?"

Formann riß sich zusammen. Holte tief Luft.

„Meine Tochter ist entführt worden. Der Entführer hat mir mitgeteilt, daß sie in diesem Haus gefangen gehalten wird. Wenn Sie mich nicht reinlassen, rufe ich die Polizei."

Die Frau zögerte. Offenbar hatte der Fremde vor ihrer Tür ein ernsthaftes Anliegen. Er konnte aber auch ein Trickbetrüger sein. Wer weiß? Sie rief etwas ins Haus hinein. Ein Schäferhund tauchte auf. Die Frau hängte die Kette aus und öffnete die Tür ganz:

„Sehen Sie selbst nach. Solange ich nichts sage, tut der Hund Ihnen nichts. – Bruno: sitz!"

Formann trat vorsichtig in den Hausflur. Von außen hatte das grüne Haus schlicht ausgesehen, aber hier drinnen fand sich ein Hauch von Eleganz. Trotz seiner Aufgeregtheit entging ihm das nicht. Auch die ältere Dame machte einen sehr gepflegten Eindruck. Sie hatte sich so angezogen, als wollte sie heute noch ausgehen: konservatives Kostüm, elegante, flache Lackschuhe, die weißen Dauerwellen so gelegt, als wäre sie gerade vom Friseur gekommen. In dem gemütlich eingerichteten Wohnzimmer mit der Chintz-Sitzgarnitur deutete sie auf einen Sessel:

„Setzen Sie sich doch und erklären Sie mir, um was es eigentlich geht."

Der Fremde gehorchte. Nachdem die Frau in dem lila Kostüm sich gegenüber nieder gelassen hatte, erzählte Nick Formann in kurzen, gehetzten Sätzen von der Entführung seiner Tochter, und weshalb er jetzt hier aufgelaufen war. Er war verzweifelt.

„Gut", sagte die ältere Dame. „Ich zeige Ihnen jetzt das Haus vom Dachboden bis zum Keller. Dann können Sie sich selbst überzeugen, daß ich Ihre Tochter hier nicht gefangen halte."

Und so geschah es. Sie führte ihren Gast sogar in den Garten, in dem sich ein kleiner Geräteschuppen befand. Nichts. Kein Mädchen zu finden. Es sei denn, irgendwo gäbe es noch eine geheime Kammer, deren Eingang so nicht sichtbar war. Aber Formann konnte sich jetzt ohnehin nicht mehr vorstellen, daß diese Dame seine Tochter entführt hatte. Als sie ins Haus zurückgekehrt waren, bot die Frau ihm Tee und Plätzchen an. Er konnte nicht mehr klar denken, wußte nicht, was er als Nächstes tun sollte, und nahm die Einladung an.

***

Es war still geblieben. Und dunkel. Er kam nicht mehr. Obwohl sie seit der Entführung immer panische Angst vor ihm gehabt hatte, horchte sie jetzt krampfhaft in die Dunkelheit hinein und wünschte sich, daß er endlich wieder käme. Sie hatte Hunger, aber viel schlimmer waren der Durst, der ausgetrocknete Mund, die Zunge, die an ihrem Gaumen klebte, die Fantasien über Wasser und Cola und Sprudel.

Manchmal bildete sie sich ein, den schmalen Lichtstreifen unter der Tür zu sehen. Dann schlug ihr Herz höher, aber die Hoffnung versiegte in der nächsten Sekunde. Wenn er nun niemals mehr käme, sie für immer allein ließe, bis sie sterben würde? Vielleicht war das ja sein Plan. Vielleicht ging es nicht um Geld, das er von ihrem Vater erpressen wollte. Das hatte sie ja bisher vermutet. Vielleicht war es irgendeine Rache aus Gründen, die sie nicht kannte.

Dutzende Male hatte sie versucht, die Bretter vor den Fenstern zu lösen, aber die waren fest verschraubt – gründlich, wie ein Schreiner das halt so macht. Und die Tür war ebenfalls sicher verriegelt. Aus eigenen Kräften würde sie nie hier heraus kommen. Sie legte sich hin. Und wartete verzweifelt.

***

Mit dem Alleindurchziehen war Schluß. Mimmi verweigerte Nick die Gefolgschaft. Außerdem standen sie jetzt vor einer Mauer in einer Sackgasse. Das Geld war weg. Ihre Tochter nicht aufzufinden. Die Zeit lief. Sie mußten mit dem Schlimmsten rechnen – daß nämlich ihr Kind nicht mehr am Leben war. Nick Formann alarmierte die Polizei.

Corinna Formann war auf dem Weg vom Haus einer befreundeten Familie gegen 22:00 Uhr verschwunden. Nur etwa fünfhundert Meter vom Elternhaus entfernt. Die Straße im Bonner

Stadtteil Ringsdorf führte an einem Friedhof vorbei. Nur wenige Menschen waren um diese Zeit dort noch unterwegs. Da irgendwo mußte es geschehen sein. Die Spurensuche begann: am Friedhof, an der Geld-Übergabestelle in Mehlem und am Weinhäuschen, wo Formann das Smartphone gefunden hatte.

Eine Sonderkommission wurde gebildet, und die Ermittlungen wurden auf Kirchhoven ausgedehnt. Leitender Hauptkommissar war Thorsten Klein aus Bonn. Von der Polizeidirektion in Ramersdorf fuhr Klein allein nach Kirchhoven und schaute sich dort um. Er besuchte auch die alte Dame im letzten Haus.

***

In Kirchhoven waren alle Einwohner bestens informiert über das Entführungsproblem. Und man wußte auch, warum Hauptkommissar Thorsten Klein im Ort war. Sein Besuch bei der alten Dame war ohne Erfolg in der Sache gewesen. Er war die Kanalstraße auf und ab gegangen, hatte Bauern befragt und saß jetzt im „Krug" beim Tagesgericht zu Mittag: Kasseler mit Sauerkraut und Püree zu 5,60 EUR. Dazu ein großes Kölsch. Im Schankraum befanden sich außer ihm noch drei weitere Leute: der Wirt, ein behäbiger Typ mit Bauch, Halbglatze und Schnurrbart; ein junger Mann in Handwerkeroverall, dessen Sprinter auf dem Parkplatz vor der Gastwirtschaft die Werbeaufschrift einer Installationsfirma trug, und ein magerer Mann im Alter von etwa vierzig Jahren mit herabhängenden, ungepflegten Haaren in Jeans und T-Shirt, der anscheinend schon den ganzen Morgen hier zugebracht hatte – gemessen an seinem Zustand nicht mehr vorhandener Nüchternheit.

Klein hatte fertig gegessen und winkte dem Wirt mit seinem Portemonnaie.

„Wie kommen Sie denn hier voran, Herr Kommissar?" fragte dieser nach dem Bezahlen.

„Wir sind erst am Anfang. Aber – wo Sie gerade da sind: Wie lange gehört der Bewohnerin das letzte Haus in der Kanalstraße schon? Haben Sie eine Ahnung?"

„Immer schon. Das heißt – ihrem Mann. Der ist vor mehr als zehn Jahren gestorben. Krebs. Der hat das damals gebaut. Das ist wohl über dreißig Jahre her."

„Danke. Ich wünsche noch einen guten Tag."

Und Hauptkommissar Klein verschwand durch die Kneipentür nach draußen. Bevor er wieder ins Präsidium fuhr, wollte er noch einmal einen Gang durchs Dorf machen, um letzte Eindrücke, mögliche Anhaltspunkte für irgendein Entführungsversteck zu sammeln. Er war noch keine fünfzig Schritte gegangen, als neben ihm ein Radfahrer anhielt. Es war der Halbbetrunkene vom Tresen, der abstieg. Klein roch seine Fahne.

„Kann ich Sie kurz sprechen?"

„Sicher. Was gibt´s denn?"

„Nur ein kurzer Hinweis, dann muß ich weiter: das grüne Haus ist nicht das letzte in der Kanalstraße. Da gibt es noch eins. Oder vielmehr: gab es einmal. Aber da sind noch Reste. Ein Stück weiter. Im Wald."

Klein wollte noch etwas fragen, aber der Mann hatte sich wieder auf seinen Drahtesel geschwungen und war davon. Der Hauptkommissar kehrte hastig um und eilte zu seinem Wagen vor dem „Krug", stieg ein und brauste das kurze Stück zur Kanalstraße bis zum Ende, stellte den Motor ab und folgte dem jetzt ganz schmalen Schotterweg in den Wald.

Der führte durch Farnkraut, überdacht vom Laub alter Kopfbuchen und gesäumt von verwilderten Hecken. Er brauchte nicht weit zu gehen, bis auf der linken Seite ein kleiner, überwucherter Pfad durch eine Hecke führte. Die Hecke hatte hier eine Lücke, und einige Zweige, deren Blätter verwelkt herabhingen, waren abgebrochen. Hier war kürzlich jemand gewesen und hatte sich Bahn verschafft. Und dann sah der Polizist den Rest vom allerletzten Haus: neben einem Steinhaufen war nur noch das Kellergeschoß übrig geblieben mit der Bodenplatte vom Erdgeschoß darüber.

Er ging um die Ruine herum und bemerkte, daß der Pfad frisch begangen worden war. Farn und Gras waren platt getreten. An der Seite der Ruine führte eine Treppe nach unten. Er folgte ihr bis vor eine Kellertür, die nur angelehnt war. Klein trat in einen muffig riechenden dunklen Flur. Er suchte und fand einen Lichtschalter. Links und rechts gähnten leere Kellerräume ohne Türen, aber direkt geradeaus gegenüber leuchtete eine Tür aus frischem Holz, gute Schreinerarbeit. Ein schwerer Riegel lag außen vor. Er schob ihn zur Seite und drückte die Klinke.

***

Als Nick Formann mit überhöhter Geschwindigkeit um die Ecke auf den Schotter der Kanalstraße einbog, brach sein Wagen aus, aber er brachte ihn sofort wieder unter Kontrolle und raste auf die Blaulichter zu, die am Waldrand in ununterbrochener Symphonie auf den Dächern von vier Autos rotierten. Kurz vor dem hinteren Polizeiwagen brachte er seinen Polo zum Stehen und sprang heraus. Hauptkommissar Thorsten Klein kam ihm entgegen:

„Sie ist dahinten auf der Bahre bei den Sanitätern." Klein zeigte auf das Rettungsfahrzeug etwas weiter auf dem Waldweg. Ohne weitere Fragen lief Formann darauf zu, bis er neben der Bahre stand, die gerade in Schräglage von zwei Sanitätern in den Krankentransporter geschoben wurde.

„Einen Augenblick. Ich bin der Vater. Warten!"

Die Sanitäter hielten inne und blickten sich nach dem Kriminalbeamten um. Der nickte. Dann trat Formann zur Bahre. Auf ihr, fest angegurtet, lag ein leichenblasses zwölf Jahre altes Mädchen, die Augen geschlossen, über dem einen Handgelenk eine Kanüle im Arm, verbunden über einen Schlauch mit einer Plastikflasche, die von einem der Helfer hochgehalten wurde. Flüssigkeit tropfte in den Schlauch aus der Flasche. Ein Mann von etwa fünfzig Jahren in Zivil trat neben Formann:

„Stefan Grabner. Ich bin der Notarzt. Das Mädchen ist vollkommen dehydriert. Sie phantasiert."

Formann beugte sich über sie und sprach sie an. Das Mädchen öffnete die aufgesprungenen Lippen und versuchte, etwas zu sagen. Sie flüsterte, aber nach einigen Versuchen hatte ihr Vater es verstanden:

„Papa. Es war Holger …."

Dann schloß sie die Augen und legte den Kopf zurück.

Aber sie hatte überlebt.

Die zwei Bauern

Die Münsterländer gelten als ein wortkarges Volk. Und deshalb erzählt man sich von ihnen auch die folgende Geschichte vom flachen Land:

Zwei Ackerbauern treffen sich frühmorgens kurz nach Sonnenaufgang am Rande ihres Dorfes und machen sich auf den Weg zu ihren Feldern. Dabei folgen sie zunächst einem geraden Feldweg bis zu einer Wegkreuzung – schweigend. Dort trennen sie sich. Der eine geht nach links, der andere nach rechts. Des Abends nach getaner Feldarbeit treffen sie sich wieder an der Kreuzung und gehen gemeinsam den Weg zurück bis zum Dorf. Und niemand spricht ein Wort. Dann gehen sie auseinander.

So geht das nun jahraus und jahrein für eine lange Zeit. Aber eines Morgens gesellt sich ein Dritter am Ausgang des Dorfes hinzu, der einen Acker ganz in der Nähe gepachtet hat. Er grüßt die beiden Alten mit einem: „Guten Morgen!" – bekommt jedoch keine Antwort. So gehen alle drei nun denselben Weg bis zur Kreuzung. Und der Eine biegt nach rechts, der Andere nach links. Der Neue geht geradeaus. Bevor sie sich trennen, sagt er noch: „Bis heute Abend." Niemand sonst sagt etwas.

Abends kommen sie vor Sonnenuntergang wieder zusammen und gehen schweigend zum Dorf zurück. Schließlich verabschiedet sich der Neue. „Dann bis Morgen!" Als er sich ein Stückchen entfernt hat, halten die beiden Alten inne, und dann meint einer von den Beiden: „Mit dem gehen wir nicht mehr: der redet zuviel." Und jeder geht seinen Weg.

Der letzte Mann

Es hatte angefangen zu schneien – gerade in dem Augenblick, als die Träger den Sarg halb hinabgelassen hatten. Der schneidende Wind trieb die Flocken über den Friedhof und häufte sie an den Sockeln der umher stehenden Grabsteine an.

„So spricht der Herr: Fürchte dich nicht, denn ich habe dich erlöst; ich habe dich bei deinem Namen gerufen; du bist mein!" rief der Pfarrer gegen die Wettergewalten an.

Und dann:

„Wir nehmen Abschied von Jens Sorge, der durch den Tod von uns genommen wurde."

Dann ließen sie den Sarg ganz in die Grube.

„Erde zu Erde, Asche zu Asche, Staub zum Staube."

Und der Pfarrer stach mit dem kleinen Spaten dreimal in den kleinen Erdhaufen vor dem Grab und warf dreimal etwas Erde auf den Sarg da unten, sodass man es hörte, wie die Erdklumpen aufschlugen.

„Weil Jesus Christus vom Tod erstanden ist, gilt für alle, die zu ihm gehören, das Hoffnungswort des Apostels Paulus:

Es wird gesät verweslich und wird auferstehen unverweslich.

Es wird gesät in Niedrigkeit und wird auferstehen in Herrlichkeit.

Es wird gesät in Armseligkeit und wird auferstehen in Kraft."

Und dann beteten sie alle das Vaterunser, und anschließend segnete sie der Pfarrer, und die wenigen, die gekommen waren gingen am Grab vorbei, und die Männer warfen Erde mit dem Spaten hinein, sodass man es hörte, und die Frauen warfen Zweige hinein, die ihnen vom Bestatter in einem Korb hingereicht wurden.

Neben dem Grab, etwas weiter, stand nur der Bruder des Verstorbenen, weil sonst keine Verwandten gekommen waren. Der hatte die Beerdigung organisiert und auch die Kosten übernommen. An dem gingen die paar Leute vorbei und gaben ihm die Hand.

Dann lief alles auseinander.

***

Drei Männer saßen draußen vor dem Gasthaus: Benno, Charlie und Jens. Sie hatten keine Verpflichtungen mehr und brauchten das Geld in ihren Portemonnaies auch dann nicht zu zählen, wenn der Monat zu Ende ging. Denn sie waren anspruchslos. Sie genossen den Sonnenschein, der sich an den Nachmittagen über die Häusergiebel der gegenüber liegenden Straßenseite auf die Terrasse vor der Kneipe ausbreitete, und wenn es zu warm wurde, spannte der Wirt den großen Schirm auf, und sie sahen trotzdem immer noch, wer vorüber ging.

Schräg gegenüber an der alten Post hielt der Bus. Eine Handvoll Menschen stieg aus.

„Da kommt die Bärbel", kommentierte Charlie.

„Die hat sich heute mal wieder zu eng angezogen", meinte Jens.

„Zu eng nicht. Die ist dicker geworden", beschloß Benno.

„Kann sein."

„Und da läuft der kleine Friedel. Schule ist aus. Die Alten haben auch kein Geld mehr. Das Auto steht nur noch rum. Für Reparaturen ist nichts mehr übrig."

„Aber für Tätowierungen."

„Jede Woche was Neues."

„Wer ist das denn?"

„Wer?"

„Ja, der Schmale da im Anzug. Noch nie gesehen."

„Sieht aus wie ein Gerichtsvollzieher."

„Der geht zum Bäcker."

„Vielleicht ist der ja auch pleite."

„Glaub ich nicht. Bei den Preisen."

Jens trank sein Bier:

„Und hier die Lilly."

„Schon wieder mit nem Anderen."

„Jede Woche was Neues."

„Jeden Tag."

Der Bus fuhr weiter. Die Menschen hatten sich verlaufen.

***

Ein anderes Mal.

Der Bus war schon wieder fort.

„Ich erinnere mich an Rhodos", begann Benno. „ Mit dem Bus. Die waren am Streiken, und der Fahrer fluchte den ganzen Weg von Rhodos City bis zu unserem Hotel. Neben ihm saß ein Kollege. Auch in Uniform. Der streikte schon. Der andere fuhr noch diese eine Strecke. Dann wollte er Schluß machen. Wir waren froh."

„Wer war denn alles mit?" wollte Charlie wissen.

„Wir waren zu Dritt: ich und Ernst und Freddie Sendker, der von Tannenbusch. Der früher hier gewohnt hat, neben dem blauen Horst. – Auf jeden Fall: wir haben ja öfters solche Touren gemacht. Wir kannten uns alle vom Bund her, von früher. Wir waren in Wahn stationiert. Beim Wachbataillon. War ´n lauer Lenz da draußen."

„Ihr wart Verpisser", bemerkte Jens. „Und wir haben Euch bezahlt. Alle paar Tage kam mal ein Prominenter, wenn überhaupt, und dann wart Ihr für ´ne halbe Stunde dran."

„So war das nicht. Wir hatten Drill. Und Materialpflege. Das musste sitzen und alles schnieke sein. Sonst konntest Du einpacken. Von Wegen lauen Lenz."

„Da kommt der Manuel", warf Charlie ein. „Wo kommt der denn her?"

„Keine Ahnung. Der hat schon Feierabend", meinte Benno.

„Jetzt schon. Der macht sich auch nicht kaputt. Trinkt Ihr noch was?"

***

Ein anderes Mal.

Heute war kein Bus gekommen. Es war Freitagnachmittag. Da kommt nie einer nach fünf Uhr.

„Die Sonne scheint mir ins Gesicht", klagte Charlie.

„Setz Dich doch rum", riet Jens.

„Dann seh´ ich die Straße doch nicht."

„Ich bin froh, wenn die Sonne scheint", bemerkte Benno. „Tut dem Garten gut. Die Schwalben fliegen tief. Es gibt Regen heute Abend."

„Wieso Regen? Du sagtest doch eben was von Sonne", wollte Jens wissen.

„Wegen der Mücken. Die fliegen tief. Und die Schwalben fangen die."

„Ich dachte, es wär umgekehrt."

„Wir waren mal in Finnland. Angeln."

„Wer: wir?"

„Ich mit Bernie."

„Welcher Bernie?"

„Bernie von der Post. Der ist schon im Ruhestand."

„Ach, der Bernie. Mit dem warst Du angeln?"

„Vor Jahren. Wir waren schwarz vor Mücken. Da sind wir nie wieder hin gefahren."

„Habt Ihr was dagegen gemacht?", wollte Charlie wissen.

„Wir hatten so ´n Zeug, so ´ne Salbe. Die hat uns der Pächter vom See verkauft. Hat nicht viel genützt, hat nur geklebt, das Zeug."

„Und – habt Ihr was gefangen?"

„Viel nicht. Wir waren zu unruhig. Haben dauernd Feuer gemacht. Hat sich nicht gelohnt. – Da kommt die Neue von der Apotheke. Die macht schon Feierabend.“

„Ist doch noch keine Halbsieben“, warf Jens ein. „Da kommt ihr Macker mit dem Cabrio. Aus Köln. Kölner Kennzeichen.“

„Alter Knacker für so ´ne junge Braut.“

„Aber der hat Kohle.“

„Oder auch nicht.“

***

An diesem Abend schlich Jens gedrückt nach Hause. Irgendwie konnte er die Geschichten seiner Kumpels nicht mehr hören. Wie toll das Leben gewesen war, wie schön die Erlebnisse. Selbst die unwichtigsten, banalsten Alltagsereignisse – Mückenstiche, eine Busfahrt auf einer Mittelmeerinsel – wurden zu

Heldentaten. Dabei waren die Beiden die gewöhnlichsten Looser auf dem Erdboden. Wenn man an die Geschichten dachte, die andere über sie erzählten.

Was soll´s, er hatte ja auch keinen Beitrag zu liefern. Bei ihm war es nicht anders. Was konnte er noch tun in den paar Jahren, die ihm noch blieben. Groß herauskommen war nicht mehr drin.

Er setzte sich auf seinen verwohnten Fernsehsessel und rauchte. Neben dem Sessel stand ein kleines Beistelltischchen, auf dem sich alles befand, was er brauchte: Aschenbecher, Brille, Fernbedienung, Flaschenöffner.

Jens dachte nach.

Er würde es der Bande zeigen.

Morgenfrüh war er weg.

Ohne Nachricht.

Ohne Spur.

Gleich würde er mit den Vorbereitungen beginnen.

Er rauchte zu Ende.

Dann begann er zu träumen.

Er würde sein Rad auf Vordermann bringen müssen: putzen, entstauben, Reifen aufpumpen, Satteltaschen aufschnallen.

Und sein Ein-Mann-Zelt.

Und seinen großen Rucksack.

Und dann immer am Rhein entlang.

Erste Station Koblenz.

Sechzig Kilometer am Tag wären zu schaffen.

Immer weiter nach Süden.

Ludwigshafen.

Straßburg.

Die würden staunen, wenn er nachmittags nicht mehr auftauchte.

Über Rosenheim nach Österreich.

Er müßte sich Straßenkarten besorgen. Über die Autobahn ging das ja nicht.

Radwanderkarten.

Und Proviant

Fruchtriegel.

Und in Österreich dann nach Radstadt.

Und von da immer die Enns entlang bis Schladming.

Und dann weiter nach Ramsau.

Wahnsinnige Steigungen, aber dann würde er eben schieben.

In Ramsau würde er sein Rad bei dem Hotel – wie hieß es noch gleich? – abstellen. Von dort mit dem Rucksack auf Richtung Guttenberghaus – steil bergauf. Oben übernachten.

Dann über Feisterscharte quer und wieder ab zur Silberkarklamm. In der Silberkarhütte übernachten.

Zum Schluss am Fliegenpilz vorbei zurück zum Hotel. Das wär doch was.

Er musste noch Geld ziehen.

Morgen.

Schließlich legte er sich schlafen.

***

Es geschah beim Zähneputzen. Jens hatte noch die Pyjamahose an und seine Badeschlappen. Sein Oberkörper war nackt. Als er seinen Mund zum ersten Mal ausspülte und sich über das Becken im Bad beugte, geriet das Becken ins Trudeln. Es drehte sich um den eigenen Abfluss, so wie sich der Strudel des Wassers dreht, wenn es abfließt. Nein. Der Strudel stand still, und das Becken drehte sich um ihn herum.

Jens riss den Kopf nach oben, in den Nacken, fixierte seinen Blick auf die milchig scheinende Deckenlampe, die zu flackern begann, dann sich zu drehen. Jens fiel nach hinten hinüber. Sein Hinterkopf schlug auf etwas Hartes auf. Es war die Kante der Konsole, in der er seine Medikamente aufbewahrte. Das Licht dieser Welt wich aus seinen Augen.

Er musste raus. An die Luft. Blind.

***

Man fand ihn am nächsten Morgen. So wie er war. Halb angezogen zwischen Wohnzimmer und Veranda. Die Verandatür stand offen. Er lag auf dem Bauch, den nackten Oberkörper auf der Veranda im Regen, die Beine auf dem Teppichboden im Haus.

***

Es hatte angefangen zu schneien. Der schneidende Wind trieb die Flocken über den Friedhof und häufte sie an den Sockeln der umher stehenden Grabsteine an.

„So spricht der Herr: Fürchte dich nicht, denn ich habe dich erlöst; ich habe dich bei deinem Namen gerufen; du bist mein!" rief der Pfarrer gegen die Wettergewalten an.

Und dann:

„Wir nehmen Abschied von Jens Sorge, der durch den Tod von uns genommen wurde."

Dann ließen sie den Sarg ganz in die Grube.

„Erde zu Erde, Asche zu Asche, Staub zum Staube."

Und der Pfarrer stach mit dem kleinen Spaten dreimal in den kleinen Erdhaufen vor dem Grab und warf dreimal etwas Erde auf den Sarg da unten, sodass man es hörte, wie die Erdklumpen aufschlugen.

Und dann beteten sie alle das Vaterunser, und anschließend segnete sie der Pfarrer, und die wenigen, die gekommen waren gingen am Grab vorbei, und die Männer warfen Erde mit dem Spaten hinein, sodass man es hörte, und die Frauen warfen Zweige hinein, die ihnen vom Bestatter in einem Korb hingereicht wurden.

Neben dem Grab, etwas weiter, stand nur der Bruder des Verstorbenen, weil sonst keine Verwandten gekommen waren. Der hatte die Beerdigung organisiert und auch die Kosten übernommen. An dem gingen die paar Leute vorbei und gaben ihm die Hand.

Dann lief alles auseinander.

Und am Ausgang des Friedhof, da wo die Steinstufen zur Straße hin führten, da blieb Benno stehen und hielt Charlie am Mantelärmel fest und blickte ihn fest ins Gesicht und sagte:

„Weißt Du was Charlie?"

„Was denn, Benno, was?"

„Weißt Du was? – Jens war der letzte Mann."

Und nach einer Weile, als sie die ersten Stufen hinunter gegangen waren, antwortete Charlie:

„Ich glaub auch. Jens war der letzte von Unsereinem. Danach kommt nichts mehr. Nichts mehr. Nie mehr."

Der Beobachter

Es war warm. Ich hatte mich versteckt.
Hier gab es Pflanzen und Gras und Kieswege.
Es war still hier. Manchmal kamen junge,
weibliche Menschen mit Wagen, die sie
schoben. In diesen Wagen lagen ihre kleinen
Wesen, die häufig unruhig waren. Ich hörte sie.
Die Menschen konnten mich nicht sehen, aber
ich hatte mich dennoch versteckt. Später würde
ich ins Offene treten, aber dann würden sie
mich auch nicht sehen. Das lag wohl an den
elektromagnetischen Frequenzen, die ihre
Augen wahrnehmen konnten. Aber sie würden

mich als Hindernis wahrnehmen, wenn sie mit mir zusammen stoßen würden.

Überhaupt hatten wir Glück gehabt. Alles passte zeitlich so gut zusammen. Wären wir tausend Jahre früher gekommen, hätten sie hier noch keine technischen Kommunikationseinrichtungen gehabt und wir hätten sie nicht hören können da draußen. Das Zeitfenster war ideal. Wir können sie verstehen, sie uns aber nicht.

Sie verhalten sich wie ferngesteuert, aber vielleicht sind sie mit einem internen Mechanismus versehen. Sie haben kunstvolle Wege und Straßen und versuchen, sich die ganze Zeit synchron zu bewegen. Es sind Lichter an diesen Wegen angebracht. Ich habe das Muster noch nicht durchschaut. Diese Lichter wechseln in den für sie sichtbaren Frequenzen. Bei ganz bestimmten

Frequenzbereichen führt das zu einem plötzlichen Bewegungsstopp für eine ganze Gruppe. Wie festgefroren. Wechselt die Frequenz in einen leicht höheren Bereich, marschieren alle gleichzeitig weiter. Im Großen und Ganzen ist das so. Manchmal funktioniert das nicht bei allen, und Einzelne bewegen sich dann ganz schnell in der ursprünglichen Richtung weiter. Vielleicht liegt da ein Fehler im Mechanismus vor. Überhaupt scheint es so zu sein, dass viele von Ihnen möglichst dasselbe tun wollen – sich fortbewegen, reden, Dinge betrachten. Und, wenn da jemand ist, der sich anders verhält, wird er kritisch gemustert.

Einmal beobachtete ich so eine Massenbewegung, deren Ursprung ich nicht zurück verfolgen konnte. Eine große Masse von Menschen bewegte sich mehr oder weniger gleichmäßig zwischen den Häuserreihen.

Manche trugen Plakate mit Aufschriften, aber alle schienen nach einem bestimmten Rhythmus dasselbe zu rufen – immer wieder. Dann kamen sie an einen freien Platz und alles lief auseinander – jeder in eine andere Richtung. Und dann war es zu ende.

Ihre Kleidung ist meistens nicht funktionell. Aber sie ist häufig uniform. Sie tragen fast alle eine Art Landarbeiterhose, und meistens ist diese Hose blau, nur die T-förmigen Oberteile sind vielfarbig gehalten. Einige haben Wörter darauf geschrieben. Ich bin mir nicht sicher, ob die Wörter auf etwas Reales hinweisen oder nur Magie sein sollen.

Sie haben sich vor ihren Häusern geheimnisvolle Schreine gebaut. Und mehrmals am Tage, besonders aber alle sieben Tage am Abend bringen sie eine Art Opfer dar. Es handelt sich um jene grauen, grünen oder braunen oder gelben Behälter, die auf Rollen gefahren werden und in den Schreinen untergestellt sind. Diese Behälter werden zunächst im Laufe von vielen Tagen mit Gaben gefüllt, die sie aus ihren Häusern tragen. Und irgendwann wird dann ein ausgewählter Behälter an die Straße gestellt, und am Tag darauf kommt ein großes orangefarbenes Gefährt. Die Diener dieses Gefährtes tragen ebenfalls orangefarbene Gewänder und sorgen über einen Mechanismus dafür, dass die Gaben aus den Rollbehältern in das Innere des großen Gefährts gelangen. Dann werden die leeren Behälter von ihren ursprünglichen Besitzern wieder abgeholt und in den Schrein in der Nähe ihres Hauses zurück gestellt.

Viel von ihnen tragen geheimnisvolle Kästchen vor sich her, flache Kästchen, die sie vorsichtig mit ihren Fingern berühren. Dabei gehen sie ganz gebeugt und nehmen keine Notiz von den anderen, die ihnen entgegenkommen. Manchmal weichen sie erst im letzten Moment zur Seite, um Kollisionen zu vermeiden. Wieder andere haben Drähte an diesen Kästchen, deren Enden sie in ihre Ohren stecken. Dann laufen sie schneller und bewegen manchmal ihren Kopf oder Oberkörper rhythmisch. Und gelegentlich sprechen sie laut in dieses Kästchen hinein.

Abends, aber auch schon über Tag, setzen sie sich in bequeme Stühle in ihren Häusern und schauen auf eine Art Bilderrahmen an einer gegenüber liegenden Wand. Aber es ist kein Bild zu sehen, dass sie fixieren könnten. Das Bild bewegt sich, läuft in Einem fort und ändert sich plötzlich – stundenlang. Die Betrachter sind sehr geduldig.

Erst spät bei völliger Dunkelheit erlischt der Rahmen und sie legen sich schlafen.

Hier gibt es nichts mehr zu tun. Es gibt nichts, was für uns von Interesse wäre oder einen großen Aufwand lohnen würde. Wir liegen ja Frequenzen auseinander. Ich werde vorschlagen, Ihnen noch etwas Zeit zu geben – sagen wir: noch einmal tausend Jahre. Vielleicht macht es dann Sinn, wieder zu kommen. Ich sage jetzt gleich Bescheid. Auf geht´s zurück in die Heimat.

Aale und Wölfe

Links auf der Bank unter dem Sonnendach steht der Emaille-Topf mit den toten Aalen. Zwischen den Schürzenbeinen der alten Frau steht der Emaille-Eimer. Und rechts neben ihr auf der Bank die Porzellan-Schüssel.

Wieder greift sie sich einen dieser glitschigen Fische.

Kopf ab.

Und flink rutscht das scharfe Fischermesser von oben nach unten.

Mit beiden nackten Daumen wird der schlanke Leib aufgerissen und das Innere herausgezogen.

Plumps!

In den Eimer.

Aber nicht alles.

Fast unbemerkt wandert vorher die Leber in die Schüssel rechts.

„Die sind für die Schafe nachher."

Unwillkürlich spitze ich die Ohren und schaue in Richtung Wanderdüne. Hinter dem Wendehammer fangen Sand und Heide an und ein ausgefahrener Karrenweg. Parallel dazu flattern jetzt rot-weiße Bänder: ein dreifacher Zaun. Eine Abgrenzung gegen menschliche Besucher, ein niedrigerer Draht unter elektrischer Spannung gegen die Wölfe und ein höherer Zaun, damit die Schafe nicht von innen herauskommen.

Die Schafe sind jetzt gerade nicht zu sehen. Sie weiden hinter einer Kuppe nahe dem Wasser zu. –

„Da stimmt was nicht."

Die Frau wühlt in dem Eimer mit den Innereien.

„Hier sind zwanzig Aale, aber ich hab nur neunzehn Lebern."

Schließlich findet sie die verlorene.

Sie nimmt die Schüssel, und wir gehen zusammen zum Zaun.

Oben auf der Kuppe stehen zwei. Eines blökt. Etwas abseits der Schäferkarren. Der Schäfer und seine Hunde sind nicht da. Im Schatten unter und neben dem Karren haben es sich einige Kameraden bequem gemacht.

Die Frau schüttet den Inhalt ihrer Schüssel mit Schwung über den Zaun. Die Lebern verschwinden im Strandhafer dahinter.

„Fressen die die?"

„Ja klar."

Scrapies oder nicht. Egal.

Nachts werde ich wach. Auf dem Weg
zur Toilette höre ich es wie ein wildes Geschrei.
Ein Gejohle und Heulen.

Ein Auf- und Abwogen.

Ohne Unterbrechung.

Ohne Ende.

Wölfe.

Irgendwo da draußen.

In der Nähe des ehemaligen
sowjetischen Soldatenfriedhofs: Gefangene bis
zum Ende des II. Weltkrieges: Typhus und
Unterernährung.

Der Zug der Kraniche

Die Menschen verrenken sich den Nacken.

Der Blick ist starr nach oben gerichtet.

Ausgelöst durch das unendliche Schnarren hoch über ihren Köpfen.

Ein leidvolles Klagen.

Es taucht irgendwo aus der Unendlichkeit des Himmels auf, bis es wieder in dieselbe Unendlichkeit verschwindet.

Wie die Spitze eines Dreiecks ohne Basis schiebt sich der Schwarm über das Firmament.

Und nicht nur ein Schwarm!

Meistens gleich zwei oder drei.

Nebeneinander.

Hintereinander.

Hunderte von Vögeln.

Zweimal im Jahr über einen Zeitraum von jeweils knapp zwei Wochen ist das einzigartige Naturschauspiel zu beobachten

Zu Beginn des Frühjahrs als weise Boten, die die warme Jahreszeit ankündigen. Und im Herbst, wenn sie abwandern, und die zurück bleibenden Menschen der Kälte und den Unbilden des Winters und der dunklen Zeit ausliefern.

Kraniche.

Immer dieselbe Route über den Wachtberg.

Immer dieselbe Freude der Beobachter. Beständige Boten der Ewigkeit.

Wer weiß, wie lange schon?

Wer weiß, wie lange noch?

Luftwege, die schon immer ohne menschliches Zutun befahren wurden.

Was bin ich froh, dass hier militärisches Sperrgebiet ist, damit die experimentelle Kommunikation des nahen Fraunhofer-Instituts nicht gestört werden kann.

Was bin ich froh, dass hier keine Windmühlen auf den Höhen errichtet werden dürfen.